流れ

佐伯裕子

短歌研究社

目次

流れ

流れ

装画　吉村明子
装幀　中島かほる

I

流　れ

川がつなぐ街をたどれば思い出は生まれる前の花野を行けり

切りかけのキャベツを置きて彷徨に出でたる春の忘れがたしも

渋谷川は路の下なりぽぽぽぽぽ暗渠のうえに紅葉がたまる

橋脚の照りとおされる明るさは少女期のわが願いなりしを

懐かしき未生の川へ帰りたいと穏やかならぬ今日の胃袋

ダイオードの青に頸まで埋まりておめでとう人生おめでとう廃市

街は死を胚胎しながら点されるその明るさが可哀相でならぬ

エコバッグに人参あればダイオード点れる樹々と引き合いて立つ

「こわれやすい」と叫びしは君　風となり細き耳鳴りとなりて久しき

こわれやすいこわれやすいと呟きが迫り来る日の曖昧な顔

安寧で孤独な平和を追いかけるポピュリスムさえ疾うに褪せしか

戦勝に沸く行列の提灯が不安の始まりなりし明治期

千年の戦争の名前数えおり過ぎし季節を指折るように

昌平橋万世橋にもたれては流れるもののちから羨しむ

点薬に瞳孔ひらくしばらくをピカチュウ飛べり蝙蝠飛べり

糸くずや蚊の飛ぶ視野にやわらかし紅梅河岸の古き煉瓦は

赤い煉瓦のガード下なる居酒屋にひらりと渡す樋口一葉

夢にすぎぬ塵にすぎぬと思えども電飾うつくし電気の街に

究極のアキバヌードルひさぐとて入り口に呼ぶ光の炸裂

メイド姿のドール屯する裏道に一人の林芙美子出でぬか

冬の日のメイド喫茶のマリアたちに待たれているのは幸福ならず

つぎつぎにコンクリートの電柱を触りて歩む手のひらの冷え

先を急ぐ見知らぬ人の渦のなか父の漂泊身に染むごとし

集まればまた散りゆける交差点の顔顔顔が涙に見える

棲み古りしあの家霊たちエコバッグに収めて提げて引き連れてゆく

塗りこめる母のまなぶた青すぎて蛍が流れているのかと思う

水底より仰ぎみあげる空のように揺らめきやまぬ母といもうと

全線をＰＡＳＭＯに託し電車賃という距離感を喪いにけり

三軒茶屋東映に照る看板の少年剣士錦之助もおらず

黴をふく蜜柑に触れるのが嫌でほとほと崩れるまでを見ており

夕光

たっぷりと運河は流れいつの世か死びとを運ぶ舟も曳かれし

消滅した持論宗徒も潜むらん運河の底には隠れ家あらん

黒光る運河の淀みのむこうから夕焼けが来る頭《こうべ》を垂れて

天にある夕光よりも奇しく照る夕陽まみれの河うごきおり

河幅のまま油照る夕空の滑るようにぞまつわりてくる

赤み帯び河のおもての動く時ぬるくてだるい生もてあます

朝粥に卵割りたるゆらゆらの感情のまま逃げて来しかな

目に見えぬ水藻の絡む重たさに運河の街の光らんとする

セラピー犬が寂しき人に寄り添える寂しき岸辺にまた春の来て

葉桜に込みあげてくる酸っぱさも春に出会うは過ぎしものばかり

蜂蜜レモン口にひろがり春はただ申しわけなきことばかりなり

三人に一人は癌になる今日を三人がけの木製ベンチ

ランチポートは夢を運ばず影もたず倉庫の大きな壁ゆきどまり

黄に凝るひと日の塵をくまもなく見せて沈みぬ埋め立ての街

夕の運河のうえに落としてみたきもの絵日傘たましい歌の燃え殻

倉庫群の隙間にのぞく繊い月あああの優しさはどこにもあらず

船路橋百代橋また渚橋ひんやりその名をきざむ欄干

身央を通り過ぎたる子のようで足の下なる運河たゆしも

室内のなかまで運河　てらてらと夕日が椅子の脚を浸せり

紐のはみだす抽出しひとつ緋の色をたぐりよせたるのちの静寂

みっしりと蔦におおわれ木の家の吸われゆくらし深きみどりに

青天に古家の影の輪郭のゆるびておるが　悲しくてならぬ

夕映えも終わりとなれば軽やかに踏み消して立つ子は吸いがらを

交差する生の点なる子の前に萌えたつ草のいきれ深かり

カートンごと飲む牛乳の仄甘さ血のつながるは少し愉快で

そよ風を吸いこみてふと吐きだしてなお繰り返す生なつかしき

死者生者乗せて回れる球形の地球というはうつくしからん

ぼうぼうと運ばれて行くわたくしのいやに明るい染め髪も見ゆ

エンデバーは天の曳き船おぼろおぼろ振り仰ぐ身のいずこも青し

代役が時代をひらく瞬間の不意に来たりて路地、海へ出る

副都心線

払われる覆いのむこうは地下五階わが知らぬまの天の国なり

地の底へ電車のひかりが滑りゆく人と神との細きあいだを

地下五階駅の上なる大路なればトロリーバスの角も出て来よ

副都心線に添いて出るという亡霊はトロリーバスの触角もてり

はつ夏のトロリーバスに乗りこみしむかしむかしの亡霊のわれ

バスはもう通りましたか　千登世橋目白新宿表参道

練兵場戸山が原の下ふかく昨日を乗せて地下鉄が行く

地下駅のホームの白さすっぱりと人生のごと端の断たれて

吹き抜けの回廊をゆく人々の肉体はなべて古びておりぬ

金属性の草つやつやと萌えはじめやがて地上を覆いつくさん

夕日に向き立ち並びたる背表紙のドストエフスキー物言わぬなり

街のここに流れ着きたる胞子とてロシア文学の黴なつかしき

人の流れがこれで変わるという声の流れる果ての回る寿司屋や

新線の開業祝う旗などがいっせいに揺れ、揺れて静まる

半ば土に埋まりてそよぐビニールの永久に腐らぬ袋がひとつ

腐りゆく姿恐ろしと思いしが腐らぬものの恐怖果てなし

石壁をひすがら滑り来る水の日を追うごとに生まぐさくなる

出てみればものやわらかな夕もやに包まれている地下の口なり

新しさは旧さを際立たせるばかり雨香の中へ傘をひらきぬ

雨雲が首都を動かぬ　傷みたるトラベルミステリー鞄に提げて

銀箭《ぎんせん》と呼ぶにふさわし白銀の夕立の矢は斜めに走る

紫陽花の重たき花を振りかえるわれの目玉の青いびーどろ

少女期に通いつめたる校舎なり仄青き蛾の湧く庭ありし

幾条《いくすじ》もの線走らせる花菖蒲うすむらさきに少女の妬心

新しき解釈ならんか地の底の回廊に人の影の満ちるは

世界の何処にも私がいない夕ぐれというを思えりふたたびみたび

薔薇園の向こうに薄き月のぼりそれのみに知る景のやさしさ

夕暮れの好きな人らと立ちている飛びとびに昇る蚊柱のように

育つとき稲は吠えると聞くからに遠田の風に耳を澄ましぬ

ももながの子が曳きまわす掃除機にわれの夢想の吸われるごとし

ヒルズ

海抜２５０メートルの展望に豊かに近きか天上の国は
昇りつめし青年の立つ迷宮の伽藍はかつて古代にもありき

中空から睥睨される人群のひとりであれば窓を見上げる

仰ぎみる視線の湛える卑しさは見下ろすそれに劣るともなし

大使館の居並ぶ街を抜けて来て身にひやひやと世界は遠し

饂飩坂芋洗坂鳥居坂　名を負う坂のみな美しき

夕雲に母の浮かべる寄席坂を雪崩坂まで下らんとする

睥睨されるはむしろ歓び風に吹かれ窪地をおおうコスモスの花

池に潜む宇宙生まれのメダカたちそこより不思議な光は来たる

天に近きヒルズの池にも殖えている水垢、　宇宙生まれのメダカ

斜めに空を仰ぐばかりのわが目には鱗ちりばむタワーの反射

六本木ヒルズの窓のどの窓か破れて世界の株急落す

市場経済破綻の連鎖　おしなべて頭《ず》に円光をもつ人忙し

証券化ビジネスという空中の資本うすうすと絹雲曳けり

市場経済主義者行き交い何もかも欲しがる神も昏れてゆきたり

言葉もて人を引きこむ悦楽がいつしか脅えに変わりゆくまで

どの人の一生も三行で足れりと言い作家志望を捨てし友人

生まれて生きて死ぬる三行の行間にわけのわからぬ涙は降れり

母の長生　藻のごとき線を縺れさせだんだん煙になるのであろう

歩けるうちに歩いておけばよかりしに母を思いてびょうびょうと吹かる

もつれあう茎と茎とに乱れつつコスモスは無数の思い出を咲く

嘘をつきまた嘘をつく表情のところどころに懐かしき母

われの負う母と妹、そのように思われいるは心外ならん

もうどうでもいいという気の滲みきてくらくら赤い夕日に会いぬ

打ち明けんと幾たびか思いとどまりぬ何処にでもある悲しみなれば

藁色のバスを降りたち迷いこむ人工の星浮かべる森に

まいまいの半透明の殻めぐる秋のお遍路　六本木ヒルズ

フロアーを流れる群の円環に連なりゆくに犬と会いけり

数本の昔ながらの樹を残す模造庭園にふたり残りぬ

不忍の池とヒルズの池を吹く風はひとしき秋のものなり

II

大川端

隅田川「下町鳴虫愛護会」立て札に冬の陽がまつわれり

このままでは死ねない思いのあふれ来る絶滅危倶種キンガヤツリの根

優しげに親水空間と呼び馴らし寄せくる何を隠さんとする

頭のみのぞかせ君ら行き交うを橋の下から振り仰ぎたり

取り残されていいからここにこのままで中洲の白き猫すさまじき

猫行きて乳母車行き車椅子行きてテラスにつづく海原

夕月や潮の匂いに包まれて坐りていたる来世のわたし

せせらぎに冬の小石を放るなどひとり遊びのわたくしになお

きんいろのビルの揺れいる黄金の川面のほかはもの見えがたし

眼も耳も消耗品ゆえ減らさぬよう使わぬようにそっと陽を浴ぶ

脳の形に聳え立つビル仰ぐとき五体いきなり消耗すらし

あめつちのふくらむひかり人体は消耗品に成り果つというに

声あげて焦げて花火の散りにけり川に沈みし幼き友へ

同じ顔ひとつとてなしわが顔を持ちて歩むも時の間のこと

抗体の密かに育つ右腕に注射の跡がこんもり痒い

ヒートテック肌着に包む背骨《はいこつ》のあたり翼が生えてきそうだ

隅田川のほとり小高き丘のうえ待乳山《まっちやま》とて乳したたらす

へえ江戸では別荘地でしたのと浅草七丁目待乳山聖天

思いもよらぬ寺に碑はありトーキーの渡来を刻む石の執念

大正期ミナトトーキー社の成るまでが石に記さる一途な文字に

石に刻む文字の永遠　かつて核に灼きつけられしは人の影なり

デジタル化せよと迫れる声々のとうに電波も所有されつつ

トナカイの橇走らせる西洋のひかりに満ちて大川端は

視界にはふとぶとと川この丘のすべてがやがて覆われるまで

海へ海へただ押し流す一錐の意志もて川はわれを連れ去る

なぜこうも悲しいのかと芋羊羹きんいろの棒にナイフを入れる

うつぶせは冬のうたたね取り返す夢のまにまに色づきながら

盛りあがらんとして崩れたる冬雲が空に浮く日のベランダの紐

アルバムは波のようなり住み古りていまだ形をもたぬ家居に

埠頭

「東京五輪スタジアム予定地」看板が埋め立ての地に強気を見せる

オリンピックのその青空が切れ切れに見ゆる予定地吹きとおしなり

空き地から望めば湾にゆらぎたつ貝櫓、二〇一六年の市《いち》

地平線も水平線も見えぬから靴底に魚ら息づくごとし

映画とて埠頭に行き交うエキストラの旅行鞄は空っぽらしい

無表情なエキストラたちＳＦのゆえか透明の翼たずさう

油臭う港にあらず潮の香をまとうにあらず屈むこころは

かつて海から上がりしときの足裏の記憶あたらし春の潮騒

花の香を室につよくして死ぬと言いき浪漫主義では死ねないものを

黒レースのシェードの揺れるテーブルにまぶた翳らせ詫び状を書く

電子辞書を海辺に開く味気なさピッピッピッピッピッ言葉が消える

耳に届く静かなしずかな滴にて声ともならず消えてゆきたり

海側に傾き歩む身のゆらぎ命が減ってきたのだろうか

母のショール長く垂らせば防虫剤の匂いに浮かぶ昼の月かも

ここはゴミ堆積地にて淡く澄むレインボーブリッジわれに架かれり

物の流れは時の流れを表すと晴海埠頭に錆びているわたし

十五年前のわたしはどのような笑顔で埠頭に吹かれおりしか

クルーズの洋上航路の案内紙を渡されにつつこのがらんどう

遠い港の荷を量りたる天秤を芯とし巡る時の重たさ

生きる意味が分からぬならば載せてみよ大天秤に春の臓器を

基準天秤展示されいる彼方には東京湾に荒れ狂う波

航きなずむ「さざなみ」「さみだれ」柔らかな「さ」に隠される総意あやしき

晴海客船ターミナルから黎明橋へ影のない地を歩きつづける

住所もたぬ老人の歩に前後するわたしの影の歩行とろとろ

ぼろぼろの影を落として歩み来るキリストはしばしわれの辺にあり

泣かんとする前の無音の息づかい木々の芽はみな天を向きたり

窓へだて溜まる空気の腐るらし晴海四丁目六番地廃舎

人の世にたまたま生きる嬉しさの草原に出て　ミツバチがいない

新しさがずしんと深いビル群の幾百の灯は去年より白し

それでも人の人を産みつぐ養いに夜一面の窓が光りぬ

２４６号線

拓かれし田園都市に田園の見えなくなりて夏盛りなり

戦後ひそかに弾丸道路と呼ばれにしふるさとへ行く２４６号線

田園と市街を結ぶわずかなる林に異界へ抜ける坂ありき

レールの脇に輝いていた水溜まりいくつもの空震わせながら

砂利運ぶ玉川電気鉄道の拓きたる街傷みやすしも

田園を市街にせんと買い占めし五島慶太氏のそのふくらはぎ

望みどおりの街になりしを火のごとく眺める顔の遠き疲れや

都市計画開発構想の図のなかに生まれて産みて生きて来たりし

人声に国籍のない街なれば霧湧くごとしわれの言葉も

歳月の過ぎたるあとの泥濘があかままの花をうたえよと呼ぶ

生き延びて蛙とわたしが住んでいる田園都市区にセンサー多し

半ばまで水の撒かれている庭は誰も居らざり金色の木々

キャンディーが溶けるようにぞ完璧な虹の半円こわれてゆけり

駆け上がると大空に会う土手のこときんいろの声になりて語りぬ

風にそよぐカーテン越しに濡れ羽色のピアノの見える家ありにけり

文化住宅先駆地なりしわが街にクローン桜の命終ちかし

２４６青山通りに着くまでにわれの戦後は見えなくなりぬ

敗戦の意識いつより失せしかと指辿りゆく年表のうえ

「新日光」検閲文書を掬い出だす六十年の沼の淵より

蛍よりも皇居は青くしずかなり従容として永き沈黙

蟻穴を出でてふたたび沈むとき青山通りの宵きららなす

はじめて人を怖いと思いし夏の終わり２４６は泥濘《ぬかる》みていき

唇はかってに動く好きといい嫌いといいて今日も暮れたり

頭のうえを風荒びゆき母さんが吹き抜けてゆく　怒っているね

嘘をつく母の奇怪な壊れかたおとなしければなおさら深く

ゆさゆさと母を揺さぶり鳴り出だす昔の声を聞かんとするも

長生に脳の機能の間にあわずむらさき露草ひんやり揺れる

霜柱ぬかるみ小さな水たまり思い出は靴を濡らさずに咲く

つまらない瞳になったと鏡に映るわたくしらしき人物がいう

疲れやすき心は走る２４６号線ふるさとの街を縦に切りつつ

歳　月

十五年戦争のような沼だなと見ておれば沼面が少し動きぬ

歳月の穂に火を放つ黄なる村もし帰りたき場所あるとせば

晴れるとはいかに寂しき空ならん誰もが薄く微笑むばかり

敗れたる国に育ちぬコンパスの芯を皇居の森に据えつつ

遠々と毛羽立ちている秋の川いつの日のわれか微笑みており

二子村と玉川村に挟まれる心に逢いぬ変わらぬ川よ

路面ゆく玉川電気鉄道の失せてより路の眠らぬごとし

「玉電デハ７０」終着駅舎には点りて待てり父と母とが

みょんみょんみゅーんと唸る芋虫の電車なり路面は日暮れの水の冷たさ

アスファルトの代わりに塩を補塡せる道路といえり昭和三十六年

なんとつましき工法なのか塩道路つばさを持てる少女にて思いき

船のようなショッピングセンター一棟がふるさととなる生の原点

枯原に初めて建ちし郊外型ショッピングセンター罪のごとしも

世界中に派兵されても安心な味としてありぬフライドチキン

踏み石の歩幅こまかく指示される再開発とは岸の裾まで

枯草の細く擦れあう黄の果てにわが玉電のひそみいるらし

乱反射しながら向かいて来る息子どうしようもなく独りぼっちだ

死んでしまえば何もなくなる本当か本当かと聞く問われて久し

生きるのは面倒といい三時ごろかならずジョギングに出ていく不思議

散弾銃のように言葉で撃ち返しぐずぐずになる母親われは

血縁をいとう心が悲しみに転ずる速度このごろ遅し

母がすぐ被害者に変わってしまうから鬼娘ふたりいつまでも鬼

ひるがえる葉群の揺らす陽のはだら叫びに近い音洩らしつつ

影淡き水の町過ぎわけもなく無口になりてゆくこころかも

都市の川　郊外の川　行きずりの今日の涙を流してゆけり

川を眺めて来たりし顔を洗うとき身の半ばまでいのちは満ちる

朝がゆの江戸のあさりの佃煮にきっぱりと来る冬を分けあう

土砂積もり土砂が溜まりて成りなれる佃は古き恋猫の町

ざくざくと馬鈴薯の皮を剝くわたし枯野に立っているのだろうか

もう一度生まれてみたき枯野原さやさやさやさや風流れおり

Ⅲ

幽霊花

見るだけでただ懐かしき曼珠沙華かすかな毒に空を染めおり

毒抜きをすればデンプンに変わる根が飢饉のたびに子らを救いき

人麿の「壱師《いちし》の花」は一時花ふっとこの世に咲き出る彼岸

曼珠沙華の花の滝なり一瞬に草生に潜む秋を照らしぬ

幽霊花と避けておりしがその花に頬照らされる車椅子の母

小犬抱き大犬を曳き擦れ違う人らにわれは母を連れゆく

車椅子を初めて押すはわれの手かぐらりと重きは母の身体《からだ》か

曼珠沙華いっせいに咲く堤まで整理されたる秋の明るさ

花屋には並ばぬキツネノカミソリの花の群生夕焼けており

多摩川の池にただよう月の匂い彼岸花咲く日の夕べはことに

ぜんぶ霧　むしろ暗きを好みたる母の視界に曼珠沙華満つ

純粋は自己愛の肥大せるものと言いにし若さ返るすべなし

なげきのといき

鳥卵の黄身を窪みに落としこみ朝な朝なを養いて来ぬ

生きようと弾む朝ありもういいと沈む朝あり卵かけご飯

うす粥の底に透けいる泣き顔と笹の模様もいただきました

少女の血飲みつづけたる西太后の爪の長さや一つ年とる

川の面《も》に張りたる空を吹きちらすアラウンドシックスティなげきのといき

竹林は後光放ちぬ魚屋も八百屋も天に還らんとして

卵の殻に穴をうがちて吸う特技生まれかわりてきたとて分かる

始祖鳥

素晴らしきそよ風の日に始祖鳥のクローン卵の計画を聞く

始祖鳥の卵かけご飯を想像し消化するまでのわが無表情

始祖鳥からやり直せれば春彼岸ゆめゆめ進化などはすまじよ

鰺の骨刺さりしままに二日過ぎ魚の形見の溶けてゆきたり

老いるとは変に悲しい生き物を体の芯に通すごとしも

早春の気に乱されて薄濁るただ気の毒なわたしのこころ

ちかごろの壁の時計の秒針は何秘めるのか音たてぬなり

太陽と歩道橋

石鹸を咲かせたような花の木がいくつも揺れる夏のはじまり

街空を渡れと架かる歩道橋の若き思想も赤錆びにつつ

本当になるまで嘘をつきとおす老母のちから神さぶるらし

母は登れず叔父も渡れぬ向こうにはチャイムひびかう若き時あり

太陽の欠けてしまえば葉を閉じぬ植物たちは植物園に

零れ来る虫こまかくて石のうえに死にたるもののすでに光らず

雲の間に半ば欠けたる太陽の在りしつかのま街うすみどり

歩道橋に雲走りゆきここはもう夏青空の一隅ならん

積乱雲のぐんぐん昇る晴れやかな表通りに杖を突かしむ

歩道橋を誰も通らぬ夜な夜なに恐竜たちは息づくごとし

無数の∞

重箱の草石蚕《チヨロギ》の赤さ渡来せる言葉のごとく染めあげられて

誰の味にも似ないチキンを友として子は育ちたり武蔵の国に

油まみれの路面電車に乗せたまま戻らぬこころいつの正月

どの時計を止めても時はまつわりてハモニカの穴に赤い錆噴く

老いるのは嫌だいやだとメモ帳に無数の∞書きつらね来し

母ひとりを持て余しいる姉妹なり春にやさしき言葉もちしが

母の娘がわたしであること寂しめば浅蜊の佃煮匂うくらがり

青き衣に

ムイシュキン侯爵はかくありしかと子の横顔をのぞきこみたり

若萌えの春産み落とす大空を思いきり映す眼にあらん

用もなく扉を開きまた閉める木々が訪ねて来ているようで

青き衣に春を迎えに出でてゆく皇帝のごと草満つるかな

白髪のけむれる林の向こうから鳥が来るなり母の上にも

誰も誰も振り返るとき一様に幼き顔す名を呼びたれば

秋を過ぎ冬越えてなお解けぬままクロスワードパズルの謎の文字は

ある音におびえる耳の奥ふかくわれは養う蟹のごときを

よもすがら遠山の水くだりきて誰のものでもなき川となる

青光る菱形文様のびっしりと尾まで連ねていたるが這えり

思い出が大事

孤独死と自死の違いの見えぬ日に呼び交わしゆく空の鴉ら

泣いてごらん泣いてごらんと呟ける春の夕べの声を聞きとむ

今日一日の視野を過りし人間の顔ことごとく悲しそうなり

この地からどこへも行けぬ妹にまた菜の花の咲きめぐるべし

母を守りいもうとを庇い来しと思う地に自己愛の野火のうつろい

頬打って叱りしこともひといろの沼面に沈む疲れのなかに

おのずから満足したき胃袋のようなり愛とか慈しみとか

昔ここに林がありて振り返り振り返り幼き友と別れき

アメリカ的慈善ホームに見かけたる或る日の少年わが影となりぬ

六角形の白き館に戦争の生みたる子ども住みて貧しき

バット博士記念ホームのかがよえる昔や桜並木も痩せぬ

身の半ば道路に沈みゆくごとしどこからも富士の見える晴天

自転車の籠にあまれる犬を乗せ妹が来る坂のうえから

終わりなき開発の街に住み古れば両手にあふれる思い出が大事

馬坂と呼ばれる坂にわれは見る産まれて生きて老いて死ぬるを

蟇《がま》の膏《あぶら》ならぬ馬油の効能の釣り書きうれし菜の花の道

たてがみの油を湯浴みのあとに塗る天翔けるその力欲しくて

天翔ける馬のたてがみ芽生え来よ油を首に塗りて祈りぬ

沈むにぞまかせて過ごす一日の底に馬油の溜まる壜あり

春の家

ひとしなみに経《ふ》る歳月のべとべとが砂糖の壺にこびりつきおり

進化する皮膚のごとくにＣＭは冷感肌着に着替えよという

象形文字に似ている君ら翼もて飛行機よりもながく飛びきぬ

雨の跳ねる音のみ聞こえ草も木も生きていること匂いで分かる

はまぐりの汁澄みとおる雛の夜に俄かに母の老いふかみゆく

すぐ溶ける雛のあられの頼りなさ命を惜しみ命に倦めり

ももいろの桃を植えしはいつの世のどこの誰かも知らぬ嬉しさ

そこばかり輝きおれば夕ぐれの雛の桃の木われを泣かしむ

草騒の音のようですさよならは玄関口の向こうに揺れて

一日を遙かに細く引き伸ばす言葉をもてり幼きものら

洗濯機に渦巻いている永遠よめぐりは人無き春の家かな

ものの芽のふくらむ四月うしろから呼ばれて購《あがな》う桜鯛はも

鯉の恋

若ければ吹かれもしよう優しげな風に吹かれて遠く揺れる木

気の狂《ふ》れそうな五月といえば嘘になる椅子に坐りて眺めるばかり

緑濃き窓のおもてに映されるわが顔われはぐしゃぐしゃに拭く

どの枝もおもいおもいに身をかえす若葉をもちて話しかけくる

鯉の恋　腹いっぱいに無の風がながれゆくときのみ存在す

青空にいつなりしかと振り仰ぐ悲しくて悲しくて寝てばかりいて

振り向くたび殖えている葉のつぶつぶの窓一面のみどりに脅ゆ

テレビひとつに外と繋がる母の老い始めから世界など見ていなかった

暴走する車椅子ならん母とわれ葉桜の下を彷徨いながら

生きるものの滅びるものの擦れちがう五月のいきれ総身に浴ぶ

家郷へ

泣きたくてただ泣いておりむらぎもの心をぽたりぽたりと零《こぼ》し

千切れ飛ぶ心をからだが追いかける身体に限りのあるこれの世に

いつまでも散らぬと言いて百日紅ある日になきをふり仰ぎみる

街壁に電線の細き影ふるえ父祖の地いつしか日ぐれてゆけり

息ひそめ隠れていても捕りにくる時間が秋の雲をかかげて

思い返し可哀相になる源に母の仏燈の炎そよぎぬ

菊の花なまなまと着る人形の白き面《おもて》を母と思えり

黄菊白菊なお咲きみだれこの国は花咲くままに沈むらしいの

「沈む国」などと言いつつ滅ぶなんて　紅茶が香り、つゆ思わざる

湧く涙こぼれぬようにセイロンティーこぼさぬように沈む椅子に居て

家郷には入り口ありて疾走するマルドロールの歌も聞こえる

見も知らぬ国の話をして欲しい南瓜のような籠の雑貨たち

冴えかえる清き数列のごときもの職をもたざる子に流れけり

卓に広げる南欧の海まっ青な春のトランプ伏せて遊べよ

発症をせし者いまだにせざる者　窓外を行く人の確率

生きているものらは動く今日もうごく　高層ビルさえ微かにそよぐ

むかしむかしの手もて抱きとる幼子は千切れた自分のからだのようだ

寝ほうける息子を起こすわたくしの古びし声の献身のこえ

寝太郎の視野はこれかとひもすがら一本の樹のうごくを見つむ

陰鬱の気は路地にまで忍びこみアレチノギクの花咲かせゆく

西窓のひかりを乗せるサフランのご飯夕日ごといただきます

ほのかなる眼

門松と国旗の脇にわれの立ち祝うともなし古き写真に

襞寄せる春服の胸にひたひたと日の丸の影流れていたり

黒き眼を入れんとせしはいつの日か寂しいダルマ転がるダルマ

枯原をわたり来る風　言葉にはならない音のみなやさしかり

月光を散らす芒の原を見しほのかなるその眼を惜しむべし

上方に月の光の差すらしく夜空に浮かぶ雲凄まじき
欲ふかき夢を灯せる外灯がとびとびに川の街を縁どる

春の街

いち早く咲く一本の花桃を芯とし街はふくらみはじむ

花桃に照らされながらわたしたち戦《いくさ》なき国の水流として

錆くさき噴水の水うちひらき薄鈍色に春を散らすよ

街壁にスプレーされし落書きのどの星もみな空を知らざり

地下街の長き歩廊の向こうまで見とおせる席そこがふるさと

人は行き人帰りくる静けさにみな唇の閉じられており

反復を怖れる病い　月の出て沈みて月がまた樹に落ちる

祈り

息を吸いまた吐き出だすそれのみをわが過ぎ来しというにはあらず

三月十一日、私はレストランにいた。シャンデリアを
蜂巣電灯と書いたのは萩原朔太郎だ。

蜂巣電灯《シャンデリア》の揺れやまざるに屈みこみ切に生きたしと思う自然さ

津波映すテレビのほとり術もなく古代の媼のように祈りぬ

言葉を薙ぎうねりたるもの去りゆかず何ならん水浸しの眼のなか

またたくは記憶の奥の松島の海岸線の正しきすがた

わたしどもの細き列島なかんずく桜降る夜の国うつくしき

それでもまた桜が咲いてくれるから赤ん坊《ぼ》も産まれてくれるのだから

遠からず真みどりとなる柔らかな新芽に浸され道つづきおり

くさぐさのとりどりの花そよがせて風がこころを吹き抜けてゆく

この春を悲しむさくら白く咲け真白く咲いて地に降り積めよ

あとがき

東日本大震災から一年が経ち、また春が巡ってきた。ようやく、七冊目にあたる歌集をまとめることができた。「日本」という国に出会い直したい、そのような思いに動かされた日々の一冊となった。

Ⅰ章とⅡ章は、平成二十年二月から二十二年一月まで、「短歌研究」で連載した作品群である。東京に生まれ、そこに育ち、そうして親しんだ街々の急速な変貌が、現在のわたしにどのような変化をもたらしたのか。河川の流れをたどるように訪ね歩いてみた。現在の新しい街が、かつての旧い街を呼び起こす歩み、その歩みは、身体のなかに流れた確かな時間を訪ねるもののようであった。そこには、失われたと思った歳月が、今もひそひそと生きていることを知った。

Ⅲ章は、連載を終えてから二十三年春までに発表した作品で、一つ一つ忘れがたいものである。ことに「家郷へ」の一連は、発表したすぐあとに大震災が起こるということがあった。連作の中に「沈む国」などの表現を用いた自分が、悔やまれてならなかった。さらに、最後の「祈り」は、まだ詳細が分からず余震の続く震災直後に、震えながら作ったものだ。その時、この細い島の国、日本が好きだという思いが、唐突に溢れてきたのである。同時に、わたしは、五七五七七という調べに身を潜めて、ほのかに安堵する自分を見ていた。いかにも不思議な体験であった。いずれも記念として、そのまま収録した。

短歌研究社の堀山和子様には、連載の始めから励ましを頂きました。出版にまでたどり着きましたこと、心より御礼申しあげます。また、歌集作成を進めてくださいました菊池洋美様、装幀をしてくださいました中島かほる様に感謝申し上げます。

平成二十四年三月

佐伯裕子

検印
省略

平成二十五年二月二十日　印刷発行

歌集
流《なが》れ

定価　本体三〇〇〇円（税別）

著　者　佐《さ》伯《えき》裕《ゆう》子《こ》

発行者　堀山和子

発行所　短歌研究社

郵便番号一一二－〇〇一三
東京都文京区音羽一－一七－一四　音羽YKビル
電話〇三（三九四四）四八二二・四八三三
振替〇〇一九〇－九－二四三七五番

印刷者　豊国印刷
製本者　牧製本

ISBN 978-4-86272-258-4　C0092　¥3000E

短歌研究社　出版目録

＊価格は本体価格（税別）です。

歌集	ジャダ	藤原龍一郎著	A5判	二〇〇頁	三〇〇〇円	〒二〇〇円
歌集	明媚な闇	尾崎まゆみ著	四六判	一七六頁	二六六七円	〒二〇〇円
歌集	大女伝説	松村由利子著	四六判	一七六頁	二五〇〇円	〒二〇〇円
歌集	薔薇図譜	三井修著	A5判	二四〇頁	三〇〇〇円	〒二〇〇円
歌集	天意	桑原正紀著	四六判	一九二頁	二七〇〇円	〒二〇〇円
歌集	蓬歳断想録	島田修三著	A5判	二〇八頁	三〇〇〇円	〒二〇〇円
歌集	天地眼	蒔田さくら子著	四六判	一九六頁	三〇〇〇円	〒二〇〇円
歌集	金の雨	横山未来子著	四六判	二三六頁	二八〇〇円	〒二〇〇円
歌集	あやはべる	米川千嘉子著	四六判	一九二頁	三〇〇〇円	〒二〇〇円
歌集	青銀色　あをみづがね	宮英子著	A5変型	二三二頁	三〇〇〇円	〒二〇〇円
歌集	オペリペリケプ百姓譚	時田則雄著	四六判	一九二頁	三〇〇〇円	〒二〇〇円
文庫本	大西民子歌集（増補『風の曼陀羅』）	大西民子著		二一六頁	一八〇〇円	〒一〇〇円
文庫本	馬場あき子歌集	馬場あき子著		一七六頁	一二〇〇円	〒一〇〇円
文庫本	島田修二歌集（増補『行路』）	島田修二著		二四八頁	一七一四円	〒一〇〇円
文庫本	塚本邦雄歌集	塚本邦雄著		二〇八頁	一七四八円	〒一〇〇円
文庫本	上田三四二全歌集	上田三四二著		三八四頁	二七一八円	〒一〇〇円
文庫本	春日井建歌集	春日井建著		一八四頁	一九〇五円	〒一〇〇円
文庫本	佐佐木幸綱歌集	佐佐木幸綱著		二〇八頁	一九〇五円	〒一〇〇円
文庫本	高野公彦歌集	高野公彦著		一九二頁	一九〇五円	〒一〇〇円
文庫本	続馬場あき子歌集	馬場あき子著		一九二頁	一九〇五円	〒一〇〇円
文庫本	前登志夫歌集	前登志夫著		二〇八頁	一九〇五円	〒一〇〇円